歌集

晩夏の海

岩崎堯子

Iwasaki Takako

六花書林

晩夏の海 ＊ 目次

装幀　真田幸治

晩夏の海

ゑんどうの花

ゑんどうの花はゑんどうの実になりてやよひの雨にぬれて息づく

朝床にぽんぽん蒸気の音ひびき女漁師になると決めた日

触れさうで触れざりし手を今にしてほのぼの思ひ出づることあり

聞き役にけふはならむと決めてからわが引く眉はおのづとまろし

霙ふるやよひの朝に摘みとりぬ目守りきたりしゐんどうの実を

五能線

乗物にすぐ酔ふ母は五能線八森駅《はちもりえき》の駅長のむすめ

梳きやれどほよほよと髪の乱れきて母はしづかにまなこを閉ぢき

雪ふかき鷹巣《たかのす》いでしより七十年海辺に老ゆる母といふひと

「あら、あした息子が来てる」と母は笑む十年日記の次頁繰りて

花金《はなきん》の夜の電車に訛あるをとこの過去を聞かされてをり

知らぬまにゆずは柚子なる生《せい》を生きけふあまたなるつぼみをともす

アベベ

まなざしに夜のみづうみ見し日よりアベベひとりのエチオピアなり

「ジャンボ型起き上がり小法師」とわが賞づる棟田俊幸礼のうつくし

断髪式終へし力士をたちまちに勤め人に変へる背広のちから

海亀の甲羅のごとき腹筋がひかりを返す「世界陸上」

精妙な縄縒るごとき足さばき「競歩」とはそも何のためなる

夏草

「この先に滝があります」暮れがたの山路に立てる標《しるべ》かなしも

みづ色の好きな人らし濃く淡く海がひろがる物干し台に

ネット買ひする娘《こ》の部屋を占拠するダンボール空き箱　バトルまぢかし

よくぞ歯をよけつつ食物攪拌すとおもひし刹那その舌を嚙む

とろとろを匙にすくひつ京塚昌子のやうな木なるか富士柿の木は

夏草の駅のホームにおもひをり名も知らざりし火曜日の人

ゆふがたの雨にふとんが濡れてゐるこのごろ笑はぬあのひとの家

冷蔵庫の奥にみつけし目薬容器に父の名ありて少しく泣きぬ

闘牛士イグナシオが突かれ死にたるも娘の生れきしも午後五時ちやうど

タクシーに乗りて行先つげしのち無言とほすは心地よきかな

八文字を見しのみに身の毛さわだてり「悪石島の皆既日食」

ふくらはぎといふものの無き黒人の脚に見惚れてホームに立てり

白きパラソルなほしてもらひに八月の日蔭をつたふ靴屋さんまで

身二つになりしむすめに最後からひとつ手前のさよならをする

息を吸ひ東の窓をあけはなつ　よき風入らばよき日と決めて

聞きたかりしを

「別れの朝、髪はぶだうの房のやう」初めて読みしアラビア詩美《は》し

あなたっていつも結論から言ふのね　すこし青ざめ同僚言へり

「んがた俺さやだごとばがり押しつけで」鶏《とり》を絞めつつ父つぶやけり

問ひかくる者には語る石といふさねさしさがむの「腰掛石」は

五社神社「日本武尊腰掛石」

スクリーンの青き瞳が迫りきて読み了へざりし『ドクトル・ジバゴ』

片胸となりにし姉の前に立ち「行くわよ」と言ひて湯殿に入りつ

小惑星探査機

「はやぶさ」を温泉に入れ酒のませ聞きたかりしを道中のこと

このところ

階段の「コ」の字の角に身を寄せてわが泣くことのこのところ無し

歩くこと覚えしをさなご突進をくりかへすなり襖に猫に

煎餅五銘柄を詠む

手塩屋のないろ小町ののり子さんとこめつぶ屋の次男のぶこつ者　あやし

雪だるま

不意にわれ胸痛むかなこつぜんと現れし飛行船見送りしとき

おひたしにせむと求めし菜の花の二本ばかりをコップに挿しぬ

四日目にぽちりと咲きてそれからは「かごめかごめ」の童女《わらはめ》のやう

朝にみて帰りにもみる雪だるま消えゆくほどにいとしさ増して

この街に午後五時は来てスピーカーより「春の小川」がながれはじめる

たしかなる落胆があり柚子の実にきたりてすぐに飛びたつ鵯《ひよ》に

知らぬまに半分になりしステンレス束子　消えにし先をたづぬるなゆめ

「勃発」

庭先のぼたんのつぼみ数ふればまさかまさかに三十一個

それはもう薄紅色の「勃発」なり四月のあした牡丹ひらくさまは

葉の縁をひたすら半月形に喰ふ汝《なれ》はせつなき地上の虫か

田螺

けふこそは逸脱せむと五万円財布に入れて家を出でしが

純情かつ律儀とこのごろおもふなり結婚八回のリズ・テイラーを

煙突であらざるべからざる物象はけむりをあげてそこに在《あ》るなり　小池 光

『草の庭』煙突の歌にぐらりとす　さうであつたか世界は言葉

動くともみえぬ田螺がときをかけ描きあげたるナスカの地上絵

岩肌に彫られし仏陀のおみ足の怪しくも長きながき中指

まつすぐな肩は造化の神の技まるみ帯びくる一瞬まへの

待ちに待ちしわが生命保険の祝ひ金塗料となりて屋根かがやかす

豹の首

『片耳《かたみみ》の魔豹』をわれより借りゆきし十五歳《じふご》の少年のその後を知らず

格闘のすゑ人間《ヒト》に折られし豹の首　その音はなほわが胸にひびく

ひかうき雲

頑張れば十年前のまっすぐな腰にもどると信じてる母

死にたいとつぶやく母にさうねと応ふ　まだまだ死ねないと言へば諾ふ

生き生きてある日死にけむ地球上さいごのマンモスとなりしを知らず

にがうりの蔓は蔓どうし結び合ひおのづからなる支へとなせり

楽しまねばならぬとわが身に言ひ聞かせ来し野辺山にとんぼ群れ飛ぶ

赤岳の頂めざし伸びてゆくひかうき雲をかなしみ見をり

吹いてみた草笛に鋭《と》き音いでしよりいくらか軽しわが足取りは

「〈不苦労〉のふくろうです」と貼り紙ありつまらなくなり土産店出づ

濡れたシャツ脱ぐときのやうな終りかた　たまにはこんな一日もある

母逝きませり

あらうことか母逝きませり夕餉ののち瞑想するがごときすがたに

なにがなし恐ろしかりき母の部屋の枕にのこる深きくぼみが

あれは「知らせ」かぐるぐるまはる指輪ぬき世話になつたとわれにくれしは

上空からみた山あひの湖《うみ》のいろでしたよ　けさの朝顔の色は

ひぐらしのこゑがとつぜん降ってきて悟りぬ二度と母に会へぬと

目久尻川

よきことのふたつ続かば身構へてしまふならひはいつよりならむ

さはさはとひろがる芋の葉のしたに土押し上げて紅《くれなゐ》のぞく

白昼夢みるごとくをりぶらり来し目久尻川《めくじりがは》を飛ぶかはせみに

なだらかにはつか曲がれるこの坂をわれ画家ならば飽かず描かむ

平穏はおもはぬすがたにおとなひ来《く》　右膝骨折全治二カ月

おほいなる修復機構はわが寝る間もつくりてをらむ膝の仮骨を

膝、膝、膝が伸びて縮んでまた伸びて箱根の山をひた行くところ

「ちよつとした辛抱の積み重ね」をわが「今日のことば」と決めて床をいでたり

冬のものとも思へぬつよき日に焼かれあはれわが顔の地腫れ軽からず

油絵

これだけは欲しいと言ひでて貰ひ受けしふるき油絵「奥入瀬渓流」

激ちとなる際《きは》にあやしく盛り上がる水面をわれは覗き込まむとす

うらがへし見れば煤けし当て板に素朴な文字あり「小林喜代吉」

あがなひし家の洋間の白壁に絵を掛けをりし壮年の父

防潮堤

烈しかりし地震のあとに相寄りし名も知らぬ人と別れ惜しみき

相済まぬおもひに願ふばかりなり余震はわれらに振り分けたまへ

むかし間門《まかど》の海を染めたる落日の色おもはするこの松葉菊

御社《みやしろ》の大き石灯籠くづれたり小さきも倒れぬ跡追ふさまに

防潮堤崩れし今ぞ見はるかす海としきけばかなしかりけり

とこしへに語られぬままの数知れぬ無念をおもひ、思ひあぐむも

いきどほり疲れて寝れば耳奥にわが罪を問ふかすかなこゑす

地中より地上めがけて突き出したる剣ぞジャーマンアイリスの葉は

おもひきり外で遊べぬ三つの子ときに怪鳥《けてう》のごときこゑ発しをり

すれちがふ人といふ人なつかしげな目をしてをりきあの日のあとは

面伏せて通り過ぎたり線量計を手に子を遊ばせるママたちの横

黄揚羽黒揚羽

梅雨どきのわがときめきよカーテンに影さすたびに立ったり座ったり

朝のうちに黄揚羽は来つ黒揚羽もつひに現れぬお茶の時間に

ゆずの木にゆず坊は来て日日に肥ゆ縋るがごとく見るわれがをり

さるすべり

風呂水に空のペットボトルをしづめては愛《は》しき海の音《と》聞くごとくをり

もてあそぶ蔓《かづら》のふうせん割れし時をさな子の口はマンボウの口

とむらひの門をくぐればさるすべり焔《ほむら》と咲けり夏の終りに

窓に映る格子戸の影にほのしろく幽かな乱れ　守宮いでをり

孤独死でない死がこの世にあるやうな言ひかた　月下美人が咲きぬ

「ひとはみな孤独の夜に成長する」あれはどの本だつたか皿洗ひつつ

ぶだうジュース

農の人いまし黒葡萄を摘みきたりまなこ細めて日にかざしたり

子を産みしばかりのわが身に沁みゆけり母手作りのぶだうジュースは

のちの世はあまつ葡萄の香に匂ふトルファンをとめになりたきものを

「大丈夫わたしがゐるから」言ふ相手をらなくなりてわが精気衰ふ

電線に切らるる月はせつなくて空き地へ走るこよひ十五夜

また一軒遠回りして確かめる一人暮しの家の明かりを

ひとせに三度《みたび》芽吹きし柚子の木のその渾身を畏怖するばかり

驚いてみせると楽しげにひとつ跳ね駆け去るこども光の中へ

秋日さす塀沿ひを行くたのしさよ指はうごきて影絵などする

千両の高き葉むらを突き出でてなほ盛りゆく馬鈴薯を見よ

エレキテルの椅子

順序よく頭痛、悪寒に発熱来《く》　おもひのほかに素朴なからだ

ゴミの日でなきを確かめ戻る床ただ恋しきは蚕のねむり

存在を忘れられゐし気管支の雄叫びならむこの喘鳴《ぜんめい》は

濁る血を浄めるといふエレキテルの椅子にしまらくこの身あづけむ

凍るまい凍るまいぞと身を引き締め甘味増すとふ氷室のりんご

新年

あらためてなに期するにもあらざれどけふ在ることの有り難きを思ふ

帰化を決めしドナルド・キーン氏に励まさるいかにもわれら「勁健《けいけん》」の民

焼きそばの上に散らばる青のりの仄立つ香こそ泣かまほしけれ

古書店にみつけし『短歌文法入門』を大漁旗のごとかかげ帰り来《く》

黄ばみたる本におもふまま入れてゆく波線《なみせん》鉤括弧花マークその他

千両の葉に載る雪は石のごとし　夜明けには雪の止みにけらしも

墓参り

わが家系に三十七年ぶりに生れし男《を》の子ともなふ墓参りかな

男童《をわらは》は墓の小石をつまみては投げをりときにたかき声あぐ

この文字はいつよりありしか隣る墓の墓誌のさいごの「享年三歳」

情愛をかたむけながらおのづから無心にをれるこのごろぞよき

タラならぬ海辺の畑のひとひらの土塊にぎり立ち上がる者

わが名にある「土」の字三つ、とにかくに踏みしめ生きよの父ごころなれ

海に誘へばつよく頭《かぶり》を振る男の子　はや聖域をもつのかきみは

動かざる木は己が種子に羽根をつけ風に放てり　さあ春がくる

樹を下りて草原に一歩踏み出でしはるかな父祖のまなこを思ふ

三回忌

そそり立つ丹沢山塊あふぎしのち病院の明るき玄関に入る

念のためと言はれ膠原病の検査受く　少しづつ病気にしてゆく病院

外出時の化粧法など伝授されときに愉しや世の移ろひも

むかしありしよ青空からのいつぽんの紐に吊られて飛べさうな日が

幼虫はことしもゆずの葉に現れぬ　ただそのことに茫然とせり

ほつほつと淡き黄の花咲きそめし仙人掌のまへにたたずむ男

缶詰のサバのみそ煮をパンにのせ食へばたのしきひとりの昼餉

この晴れ間はときのまならむ遠からぬ雑木林にせまる黒雲

雑木林の端《は》にかしぎ立つ山桑の根方をぬらし湧く水のあり

ははそはの母の三回忌早もきたり以前のわれにもどれぬままに

縁側より身をのりだして「ひい、ふう、みい」朝顔かぞふる母をおもへり

淡淡と母との日日は過ぎゆけりつねこころして寄り添ひをりしが

病み臥せるわがまなうらに落日の間門の海を帰りくる舟

童《わらは》去りしあとの盥にうち沈むペットボトルをつと引き揚げぬ

ゆふぐれのたらひの水に浮くボール　海越えて亜米利加まで行くボール

影

小夜ふけて鳴き騒ぐねこの目に映る影、その影の目にうつる鯉

石かげにひそみて餌《ゑ》にもあらはれぬ鯉の恐怖をおもひみるべし

年老いて遊びごころも失せし猫の鼻先よぎる青とかげかな

番外地

海ほほづき獲りにゆかむと尿臭のただよふ地下道駆け抜けしころ

校庭につづく浜辺の番外地、かたへに小さき井戸は掘られて

少年はいづこへ行きし雨上がりの夜の星のやうな目の少年は

蜂の一族

バス停のゆきかへりに通る生垣にあはれ木通の四季を知りそむ

こほろぎは聞いたかしらんアケビの実たてに裂けたるときのまの音《と》を

とある朝　あるではないか軒下にシャンデリアのごとき足長蜂《あしなが》の巣が

われ病みて籠もりゐる間をちから合はせ働きをりし蜂の一族

西瓜半分いつきに食ひぬくれなゐのみづ欲るからだ慈しみつつ

鳴子の宿

此《こ》はなんの導きならむたどりつきし鳴子の宿に茂吉の歌碑建つ

大ごゑに友を呼びたりそろそろにもみぢ終はらむ山に立つ虹

ちちははの郷里《さと》ちかければ嬉しくて体がはじめるラジオ体操

足の甲に七つのわれをひよいと載せワルツ踊りし父をおもへり

父を二度泣かせてしまひき泣かせしを詫ぶる手紙でまた泣かしめて

霧笛

歳晩はなにかが起こる、と思《も》ふ心が招くやことしはレンジ毀るる

年の瀬のならひとなりぬ浴室にみづからおこなふ視診と触診

父は清酒の、母とわれらは卵酒の杯もち霧笛の鳴るを待ちしか

はや三十六年になりぬべし丹沢の山辺に除夜の鐘きくことも

片脚を羽毛に入れて山雀はまるまりをらむ霜の幾夜を

たふとからずや

あなただつてすぐ分かつたわ　後ろよりかかりし声にわが背の羞恥

ダンボールの箱の底にて蜜柑ひとつ黴に覆はる　たふとからずや

ぬばたまの黒臘梅が黄葉《もみぢ》するさまはあたかもエル・ドラドの木

冬の陽のあまねき畑に老柘榴やすらけく立つ　たち去りがたし

年末年始の十余時間をずるずると「やさしい経済学」まなぶ幸せ

朝おぼえし「流動性選好説」もゆふべには何のことやら　寒木瓜の花

うつすらと霜をかむりて鳩の羽根落ちをればああ母さんと呼びつ

夢

土手のへに三脚据ゑて男ひとり夕映えの富士撮らむとしをり

夕焼けの空暮れゆけば富士を背に丹沢山塊どっこいしよと立つ

マチュピチュに行かむと誘はれたるのみに上の空なる三日を過ぐす

少年は山のなだりにねむるべし大草原を走る夢みて

二年ほど会ふことなかりし近所の人と三日つづけて道に会ひたり

お邪魔しますとひところゑかける留守番に来し娘の家の玄関あけて

亡き母といつも一緒と知つてから新しきわれの軽やかさかな

天上の道をゆくがに桜堤をそぞろあゆめる温顔の群れ

わがまぶた垂れなむとする午後三時洗濯物をとりこみしや君

里子

初めての里子にはじめて書く手紙「母」のすがたが顕ちますやうに

忘れたころフィリピンからの返事は来《く》　小蟹のやうな“mommy love”の字

きつく結びし口は何をか噤《と》ぢをらむ幾たびも見る写真一枚

海越えてえにし結ばむすくなくも読み書き計算身につくまでを

書き忘れしバースデイカードを待ちをりけむ童女《わらべ》おもへば　山鳩が鳴く

かぞふれば二十一年引き受けし女《め》の子は五人　われ忘れめや

春より夏

アイリスのにほひただよふ縁側に優しき訛きくごとくをり

おほかぜに首から折れし黄のパンジーお猪口に生きて九夜十日

窓ごしにわれは見てゐる水張りしバケツの面にふる小糠雨

「後方伸身二回宙返り三回ひねり降り」着地きまりて珈琲ごくり

はるかなる珊瑚の産卵おもひをり明かりに浮かぶゆずのつぼみに

風の日に道路へ落ちし柚子の実はゆふべことごとく轢かれてありぬ

つぶされし青実に青実の匂ひありそこはかとなき悲しみきたる

入院の兄を見舞ふと二時間半に五たび乗り換ふ　忘れじの夏

ベッド柵に縛られをりし兄の手のゆび一本いっぽんを指圧してゆく

このひと月黒揚羽こず永遠《とは》の色さづかりしものよ、いづくをとべる

窓ぎはのコップのなかに六カ月いのち保ちし千両のひみつ

千両をさ庭の土におろしたるのみにてけふは意味ある一日

下り電車相模川鉄橋にさしかかり腕組みを解くめがねの力士

電車ごと浮くと思ひき鉄橋よりこのまま空行く電車のあれな

呼ばれしごと黄揚羽ひとつ現れてひらひらふたつ屋根越えゆけり

晩夏の海

おまへひとりで泳いで帰れとはるかなる浜辺を指しき　或る夏の父は

このときを一生《ひとよ》忘れざらむと思ひつつひた澄む晩夏の海に浮きをり

ゆくりなくアボカド芽吹けば思ひ出づオマル・ハイヤームの悲しき希《ねが》ひ

この三月《みつき》会はぬを案じて訪ひくれし八十七歳の手を両手に包みぬ

夏に買ふ本のしまひにあさがほを押し花にするならひも三年《みとせ》

さるすべり紅く咲く家《や》の一人娘《ひとりご》にふたご生まれぬ　世はこともなし

兄の額《ぬか》の奥にしづもる兄のみの七十五年　そつと手を当つ

優先席にすわるや目つむるわが身よりほのたつ病院臭のかなしも

廃用性萎縮はまなくはじまらむ　ただ冴えざえと待宵の月

洗ひ張り

あの板はいかになりけむ秋晴れに割烹着の母が洗ひ張りせし

あまつ日に熱もちてゆく布のへにぢつと動かぬ黒蠅ひとつ

ぴんと張りし布は折られてときのまにしなだれゆけり悲しかりけり

兄の耳搔きやればおのづと目を閉ぢぬ　ベッドの柵をへだててふたり

ユニクロを出づれば午後五時西のかた丹沢山塊闇にしづめり

駅に出会ひし人との話題は「ぴんぴんころり」くりかへすうち楽しくなりぬ

横浜移住

「よこはまには、ほつとけえき屋があるんだよ」父は言ひたり七つのわれに

やぶつばき掻き分け出でし崖の上　間門の海にふいに真向かふ

尻ぬれて我に返れば上げ潮はほほづきさがす吾《わ》を呑まむとす

ふくれたる子犬のむくろはゆらゆらと近づき来たり流れゆきけり

台風のちかづく夜のたのしさよ七人総出に雨戸なほして

ひときれのケーキほしさに教会に讃美歌うたふ少女九つ

泣き寝入りよりめざめたる枕辺に置かれてありし十円玉ひとつ

ゆゑもなくわが手をつねりきたるかな合の子ナターシャ山茶花のかげに

漁師町の角の貸本屋に春はきて怪盗ルパンにをとめは恋す

昼さがり俯きかげんに三之谷《さんのたに》の六叉路わたる山本周五郎

まろやかな穴うがたれし石もてり或る朝海にたまはりにけり

まなこ閉ぢ石を撫づればきこえくる弛《たゆ》むことなく生きよのこゑは

神無月さいごの週にゑんどうのたね三粒づつ蒔く母のせし如

ほろほろと一夜の霜はこぼれたり苗にかぶせし筵はらへば

四畳半

道の辺のすがれしあぢさゐに返り花いともちさきが咲きゐたりけり

空き部屋となりし四畳半の出窓にはからくれなゐのシクラメンあり

娘はケーキわれは饅頭たべながらふたりで聞いた「二十歳《はたち》の別れ」

古きつくえ残してむすめは嫁ぎたり抽斗ひとつに鍵かけしまま

偶詠

隠沼《こもりぬ》の主のやうな眼　警視庁捜査一課長テレビにうつる

町工場の底力つたへる映像に思はずしらずなみださしぐむ

包帯をまかれて初めて人の眼に映るかなしみ透明人間

西之島の噴火もいつかは衰へて待ってましたと種は芽吹かむ

朝つぱらからフランス映画を観てをりぬ抑へし恋はめづらしければ

水産庁長官賞受賞の「はも板」の板の年輪にほふがごとし

独裁者朴正熙己が親族を利するの絶えてなかりしをおもふ

ささやかな柘榴石《ガーネット》の指輪買ひにけり百塔冴ゆる秋のプラハに

玉子もて洗ひきたりしわが髪はいまだに黒したまごは偉し

卓袱台を囲みてわれらきやうだい五人分《ごたり》け合ひ食べしバナナの二本

いつぽんを五つに切りて計十個、これより始まるかんかんがくがく

いつか下りむと思《も》ひしさねさし「さがみ野」の駅に下り立つ胃カメラ呑むべく

いつとも知れぬ出番待つなり自販機の最上位にてユンケル黄帝液は

鉢植ゑの菊の根方に凍りをり遅れて来たる擬車飛蝗《クルマバッタモドキ》は

たしか「愛」の一字はありき三年《みとせ》半すぎればおぼろな母の戒名

立春の雪

わが思ふごとくにわれをおもはむ人この世にいくたり立春の雪

すこしのま雨戸さす手をとどめたり雪明かりとはこれかと思ひて

いちめんの雪にひとすぢ道みえて空撮のアマゾンの流れのごとし

目守りつつ悲しくなりぬ舞台の上《へ》小鳥の役に踊るわらべに

時のまにまに

枯れ草のそちこちにクロッカス咲き出でていよよ忙《せは》しき春の絵師かな

息詰めて見てゐる春の用水路　絵にそつくりな鯰が行くも

朝なさな雨降山《あめふりやま》を眺めきぬ一万三千回余を日日のおもひに

いづくへと流れゆきけむ大山のへにうづたかく照りゐし雲は

シクラメン「ヨハン・シュトラウス」の深紅なる花もをはりぬ春闌けむとす

わらべらはおのづと静まり海染める夕日みてをりシーバスのなか

すつぽりと隣家は布に覆はれぬ変身をまつこの秘めやかさ

眠れない夜はお宅の嵌めごろし窓のあかり見てます　媼言ひしか

八十五歳《はちじふご》に肥後をあとにし百四歳もて相模に逝きし一生《ひとよ》おもはむ

昼間みし藤のはなぶさ夜もみむとなだらかな坂わがくだりゆく

十八年目つひにその日はきたりけり冷やすを止めしわが冷蔵庫かな

半日かけきれいにしたる冷蔵庫　別れむとして呼ぶ名のあらず

咲きそめし姫娑羅の花あふぐとき茂吉のかなしみ添ひくるごとし

水無月に入りて咲きたる君子蘭　花みづからも嬉しかるべし

緋の色の深まるほどに慎ましきこころとなりて起き臥すわれは

このヤモリはこぞのヤモリか確実に一年老いしわれが見てゐる

カサブランカ買ひて帰りぬ戦争がたうとうできる国になりたり

スーパーの帰り三人《みたり》とゆきあひてさいごの一人の聞き役となる

『デルス・ウザーラ』より

「亡き人は鳥の姿で会ひにくる」けふは信じてよそほひ待たむ

われながら涙ぐましも生卵のにほひにむせつつ髪を洗ふは

おのづからじやうずに葉を巻くオトシブミ　生きてゆくことそれが大切

校庭に跳箱七段とんでから変はつたわたしを誰も知らない

たふときは阿部先生なれこの十九年わが眼圧値をグラフにしたまふ

空暗しとみるまに驟雨ふりきたりときのま華やぐわが心かな

山桑の葉むらとよもし降る雨に出陣式の学徒おもへり

「ひょっこりひょうたん島」

秋の土手に伸びて乱れて諸草のなまめかしきさま見つつ来にけり

深きふかき蒼天ありけむ意を決しイクチオステガが陸に上がりし日は

「愛猫しろ之霊位」にまづは手を合はす留守番に来しむすめの家に

娘の家に掃除機かけつつ湧ききたるごとくに歌ふ「ひょっこりひょうたん島」

言ひがたき思ひは胸にあふれきて少しく泣きぬダスキンを手に

園児一人にぢぢばばをぢをば集ひきて昭和にかへる心地こそすれ

たんぽぽぐみの行進はじまり孫がくる見たことのない怖い顔して

園庭を出づればめまへに目久尻川ながれの清きつつましき川

けふはずつと先まで行かむ咲き残る曼珠沙華あかき川沿ひの道

冬　隣

薄ら日をあびて蠢く相模川おそろしきことわが思ひをり

誰かに似てるあのうつむき加減、相模川中洲にぢつと佇つ白鷺は

拾ひこし椿はコップに咲きをりき何おもふなく寝ねしひと夜に

米軍機爆音たてて過ぎしときバスを待つ一人の舌打ち聞こゆ

幸運笑まふある日のバス停　わが横に読売歌壇の切抜き読むひと

庭のゆず二十個詰めし段ボール箱いまごろ青函トンネル行くや

交番の二階に明かり灯りをり幽けきものか生計《たつき》といふは

白きもの抱へて道を急ぐ蟻　いいなあきみは余念が無くて

およそのことカネと暴力でかたづくと君言ひしとき憎みたれども

救急病院へ

初めての駅に降りたり恋に似たる心細さをいとほしみつつ

あつ、雪だ　声のきこえて待合室にさざなみのごと生気は立てり

アディオス

斎場に斎場らしく点る灯が浮かび上がらす雨のつぶつぶ

ああやはりあれはわが友うるうるの人魚のやうな目をした遺影

マチュピチュに三月行くんだ、はづむ声に電話くれしは逝く三日前

羨望は胸を突き上ぐきみのためきみの息子がピアノ弾きしとき

生きてゐることの不可思議もう在らぬことの不可解　風の音がする

春のなだり

なだりにて蓬摘みつつおもひをり春は嫌ひと言ひし娘のこと

畑中の一本杭につながれて犬の見てゐるとほい耕運機

のぼりゆく坂の右側全十五軒に「墓地建設反対」の幟はためく

念入りに髪あらふ朝こそみつけし山桜の花に会ふときの来て

軍用機つづけて飛べり轟きは須臾にして落つさくらにわれに

ある箇所にくると奔放の気を帯びる向ひ家の少女さらふノクターンに

湯上がりの五分が勝負と美顔師いへば何はさておき塗るものは塗る

腹減れば八郎潟さ舟だしてわかさぎ獲ったもんだと父は

生生流転

宿坊に帰る修行僧とすれちがふ　いかなお人かその父母は

わたし死なないやうな気がするの　かく言ひて程なく逝けり宇野千代も
母も

雑木林の端にうずくまりけふもゐるおそらくは餌より愛を乞ふ猫

三百年をずうつとここに木で居りし銀杏の肌が触れてと言へり

濁流へと押し出されゆく家にして白きカーテンはためきやまず

暮れに拾ひフェンスに結びしマフラーの哀願のこゑ聞きしとおぼゆ

本読みて泣くは久し振りなり『颶風《ぐふう》の王』泣いて力の湧きくるをかし

まかなしき生生流転よ裏庭におぼえなき萩ひともと生ふる

いちまいの皮膚はくまなく包むなりわが血肉をわが思ひ出を

救急車待ちつつ意識なき母を抱きをりしことわれを支ふる

跋　これからの日を

小池　光

岩崎堯子さんは、朝日カルチャーセンター短歌講座のわたしの受講生である。それまでも時々短歌を作って投稿したりすることがあったようだが、継続的に短歌と親しむようになったのはこのときからだろう。

間もなく「短歌人」に入会した。それは二〇〇九年のことらしいからまだ十年にもならない。しかし、十年といえば作歌技術を一通りマスターするのには十分ともいえ、ここに最初の歌集を編むことになった。

年齢は若干わたしより上らしいが、詳細は知らない。広い意味での同世代ともいえるだろう。とても明るい人で、いつも笑顔を絶やさず、おもしろいことを言うので歌会の後の飲み会で岩崎さんの隣に座ると楽しいひとときが持てる。時々庭先に実った柚子などを下さる。絞って砂糖を入れて柚子湯にして飲むとたいへんおいしい。余った柚子はお風呂に入れる。ぷかぷか湯に浮かぶ柚子を眺めていると岩崎さんの明るい笑顔が思い出される。このぴかぴかに輝く、柚子の実のような人であるとおもう。第一歌集の上梓のお祝いを込めてここに少しの感想を書く。

朝床にぽんぽん蒸気の音ひびき女漁師になると決めた日

巻頭二首目のうたであるが、簡潔にして、率直で、おもしろい。岩崎さんは横浜の本牧の海辺で育った人らしい。小学生か中学生のころの思い出だろう。大きくなったら女漁師になると決心した。海に漕ぎ出して朝から晩まで海と格闘して魚をとる。これ以上簡潔明瞭な仕事はない。この夢は叶えられず、大学ではスペイン語かなにかを専攻して専門書の校正、校閲に長年携わるようになったらしいが、それでもこの夢は今でも作者の胸に生きているのだろう。

「ジャンボ型起き上がり小法師」とわが賞づる棟田俊幸礼のうつくし

柔道の無差別級にこういう選手がいた。背はさほどでないが体格がものすごくて歩く冷蔵庫のような選手だった。「ジャンボ型起き上がり小法師」とはよく言い得ている。その起き上がり小法師が、ちゃんと礼儀正しいふるまいをすることにねんごろな好意を寄せている。これもおもしろい歌だ。

冷蔵庫の奥にみつけし目薬容器に父の名ありて少しく泣きぬ

目薬にはしばしば冷暗所で保存しなければならないものがある。冷蔵庫の奥にひっそりしまわれたその容器にいまは亡き父の名前が書いてあった。それを手にして、少し泣いた。結句でいわゆる歌になっている歌である。家族の歌が多くあり、それぞれに味がある。

片胸となりにし姉の前に立ち「行くわよ」と言ひて湯殿に入りつ

片胸とは、乳癌で片方の乳房を喪失した胸をいうのだろう。そういう裸体を人目に晒すのは、姉妹であっても、いや姉妹であればなおさらに、ためらわれるものであろう。そういう姉を気遣って、後押しするように「行くわよ」と言って湯殿に入る。生きる力の強さを感ずる。喪ったものを嘆かず、残されたものを大切に、生きて行く。「行くわよ」はまた作者自身にも向けられた覚悟でもある。

なにがなし恐ろしかりき母の部屋の枕にのこる深きくぼみが

これは母を亡くしたときの歌。臥せっていた母の枕に深いくぼみが残されている。人死んで枕のくぼみ残る。それをみてはっとするところがあった。なかなかこういうところに目が行かないものであるけれど、ちゃんと見るべきものを見ている感じがする。

膝、膝、膝が伸びて縮んでまた伸びて箱根の山をひた行くところ

これは山登りないしハイキングの歌。前に膝骨を骨折した歌があるから、これは回復後の歌だろう。膝がこれまで通り不自由なく使えるようになってうれしい。膝を伸ばし、縮めてまた伸ばし、一歩一歩を刻んで山を登ってゆく。人生もまたかくのごときものであると言外に歌っている。

孤独死でない死がこの世にあるやうな言ひかた　月下美人が咲きぬ

少しわかりにくいが、きっと作者はたとえ病院のベッドの上で見守られながら生涯を閉

じても、死ぬ人はつねに一人で死ぬものならばいわゆる孤独死といかほどの違いがあるだろう、と思っているのだろう。そうでないような物言いに違和感を覚えている。月下美人の登場はちょっとした冒険心であろうか。

むかしありしよ青空からのいっぽんのひもに吊られて飛べさうな日が

青春という題を出されて答えるならば、たとえばこんな歌になる、というおもむきのある歌。初句の七音破調がよく効いてうつくしく印象的な歌に仕上がった。青空の中から一本の紐が下がってくるというイメージがうつくしい。ちょっぴりかの『蜘蛛の糸』を反転させる気持ちもあろうか。

足の甲に七つのわれをひよいと載せワルツ踊りし父をおもへり

同じことをわたしも父にされた記憶があるので懐かしい。父の足の甲は大きかった。わたしの七つの足がすっぽり載った。この歌もさらさら苦労しないで一気にできたおもむきがある。岩崎さんの歌の美質のひとつはこのようにいかにもさらさらと一首ができたという痕跡をとどめるところにある。

冬の陽のあまねき畑に老柘榴やすらけく立つ　たち去りがたし
うつすらと霜をかむりて鳩の羽根落ちをればああ母さんと呼びつ
朝なさな雨降山《あめふりやま》を眺めきぬ一万三千回余を日日のおもひに
言ひがたき思ひは胸にあふれきて少しく泣きぬダスキンを手に

こんな歌に印をつけて何か書こうとしたが紙数がない。平明さとちょっぴりの謎があってどれもいい歌である。生きていればよろこびがあり、かなしみがある。歌はその折々にひょいと口を衝き、紙の上に書かれ、こうして歌集になる。そのよろこびかなしみのささやかで確かな記念碑、あるいは一里塚。
岩崎堯子さん、作歌十年の達成おめでとう。またともに歌いてゆかん、これからの日を。

二〇一七年三月

あとがき

今から五十余年前、高校国語の授業でこの二首を知ったときが短歌（和歌）との邂逅といえようか。

石走る垂水の上の早蕨の萌え出づる春になりにけるかも　（万葉集巻8　志貴皇子）

さねさし相模の小野に燃ゆる火の火中に立ちて問ひし君はも　（古事記（中）　弟橘媛）

生きる喜びと人を想う心は、時空を一飛びしてまっすぐに私の心に届いた。なんと快い調べなのだろう。情景が目に浮かび、すぐに覚えた。それにしてもなぜ「さねさし」の四音なのか、しばらく拘った。

それから四十年を経たある日、なにげなく目にした新聞の記事、それは現代歌人協会の「全国短歌大会」投稿募集の記事だった。伏流水はながれていたのだろうか。迷うことなく、指を折りながら生まれて初めて短歌を五首作って送った。数カ月後、葉書がきて一首入選したという（沢口芙美選）。〈もの問えば言葉少なに返す娘の出社見送る　声高くして〉。時はちょうど「就職氷河期」、ようやく就職した娘の帰宅が連日十一時過ぎで、眠れない夜に作った歌だった。にぶい私は幸運を次につなげることもせず、また仕事に没頭した。翌年案内状が届き、指折りかぞえて作って送った。ぽつぽつ入選するようになり、母の後押しもあって短歌を勉強したい気持ちは定まった。朝日カルチャーセンター横浜の岡井隆氏の講座「現代短歌案内」に学習したのち、二〇〇七年七月小池光氏の講座「短歌を楽しむ」の受講生となり現在に至る。

本集は私の第一歌集である。二〇〇九年「短歌人」に入会してから二〇一五年十二月までの出詠歌を中心に（発表順）、それ以前に詠んだ歌を適宜織り交ぜて三百三十首を収めた。編むに際し、もろもろのアドバイス、選歌、さらに跋文まで賜った小池光先生に衷心より感謝をささげる。まことに、師との出会いなくしてこの歌集は生まれなかった。

私は海辺に育った。ふだんは穏やかな海が、台風が来ると巨大なうねりとなって岸壁に打ちつけた。一夜明けると浜には小動物や魚介類、その他実に雑多なものがたくさん打ち上げられ、時とともに耐えがたい臭気を放った。そして、そういう日ほど美しい落日に息をのんだ。波は彼方から次次と寄せてきた。あのものたちはどこへ行ったのだろう。

中学生だったある日、無数の鉄の棒が、それこそ林をなして渚に刺さっているのを見た。日本経済は高度成長期を迎えていた。大事なことは海から学び、また計り知れない慰撫を得た。失ったもの、亡くした人は、今は私の心の中にあっていつも励ましてくれている。連綿とつづいてきたヒトの末端に今こうして生きている幸運を胸に、これからも歌ってゆきたい。

六花書林の宇田川寛之氏にはたいへんお世話になり厚くお礼を申し上げる。装幀の真田幸治氏はきれいな本に仕上げて下さった。長年にわたる講座の友人たち、いつも声をかけてくれる「短歌人」の方方、近所の友達、家族、そして短歌に目を留めて下さる皆様に、心からの感謝を申し上げます。

二〇一七年三月

岩崎堯子

著者略歴

岩崎堯子（いわさきたかこ）

横浜市中区に育つ

上智大学外国語学部イスパニア語学科卒業

医学専門書の校正／校閲に30年間従事

2009年4月「短歌人」入会

晩夏の海

2017年5月26日 初版発行

著 者――岩 崎 堯 子

〒243-0413

神奈川県海老名市国分寺台5-12-7

発行者――宇田川寛之

発行所――六花書林

〒170-0005

東京都豊島区南大塚3-44-4 開発社内

電 話 03-5949-6307

FAX 03-3983-7678

発売――開発社

〒170-0005

東京都豊島区南大塚3-44-4

電 話 03-3983-6052

FAX 03-3983-7678

印刷――相良整版印刷

製本――仲佐製本

定価はカバーに表示してあります

ISBN978-4-907891-43-5 C0092